LES EMPIRIQUES,

COMEDIE

EN TROIS ACTES,

Représentée pour la premiere fois le 1698.

PREFACE
OU
AVERTISSEMENT
De M. Palaprat, ſur les Empiriques. *

IL n'eſt point d'Empire, ni plus généralement, ni plûtôt établi, que celui de la nouveauté ; en naiſſant elle regne ; l'âge ſeul diminuë ſes forces, & elle n'eſt jamais ſi ſouveraine que dans ſa minorité : mais il y a toute apparence que cette minorité durera long-temps, ſurtout à l'égard de la Medecine. Que l'on affiche un Elixir, une Quinteſſence, un Opiate avec un nom magnifique, & une nouvelle maniére de s'en ſervir, tout le monde y court : en effet, n'eſt-ce pas une choſe bien gênante & bien triſte, que d'être gouverné par des gens ſages, d'autant plus circonſpects qu'ils ſont devenus ſçavans par une longue pratique, mais que pluſieurs expériences heureuſes n'ont pas rendu plus téméraires ? Vive, au contraire, ces gens hardis, qui

* Extrait d'une Lettre de M. Palaprat à M. Boudin, Premier Medecin de Madame la Dauphine.

flattent & enchantent par de belles promesses ; ils commencent par assûrer de l'efficacité de leur remède ; ils mettent l'esprit du malade en repos, en lui parlant affirmativement de sa guérison, & finissent souvent par l'expédier promptement ; mais en lui répondant toûjours de sa vie sur leur propre tête. Ils ôtent au moins par-là toutes les horreurs de la mort, & y font arriver leurs malades sans la prévenir ni la craindre. Espéce d'assassinat qu'il seroit aisé de prouver être le plus cruel de tous !

Il y a plus de 1500. ans que l'on saigne & que l'on purge ; il y en a autant que l'on se sert pour cela de la Casse, de la Mane, du Sené, & de la Rubarbe ; mais tout cela est usé, tout cela est vieux. Les régimes, la diéte sont à charge : on veut, pour ainsi dire, vivre pour manger. Cette façon de penser est devenuë si générale, que les Medecins eux-mêmes ont été contraints de céder au dégoût que l'on a pris pour les médicamens simples & communs, en introduisant des remédes, dont ils se sont réservé la connoissance, & à rétablir par des moyens prompts & violens, les désordres que causent la bonne chere & les veilles ; à peine encore le désir que les malades ont de guérir promptement, leur permet-il d'en attendre l'effet. Delà vient la prodigieuſe quantité de Charlatans, dont la façon de traiter flatte en même-temps l'eſprit & l'impatience des hommes : C'eſt ce ridicule-là que mon ami joüe dans cette Comédie d'une maniere tout-à-fait agréable. La raiſon trouva en lui de grandes diſpoſitions à prendre le parti de la Medecine, puiſqu'il eſt beau-frere du grand Barbeirac, & oncle de Meſſieurs Sidobre & Carquet, célebres Medecins de la Faculté de Montpellier. Mille gens qui ne ſe donnent guéres la peine d'approfondir le ſens des plaiſanteries, ont crû qu'il étoit du bel eſprit de ſe mocquer de la Medecine, parce que Moliere a joüé les Medecins : quiconque raiſonne de la ſorte, conclut que Moliere a déclaré la guerre à toutes les perſonnes de condition & à tous les gens de bien, parce qu'il a joüé les Marquis ridicules, & les hypocrites. Il n'eſt point de plus grand Panégyrique pour la vertu, que de démaſquer ceux qui la falſifient ; & rien ne releve davantage l'excellence d'un art auſſi néceſſaire que celui de la conſervation des hommes, que d'expoſer à la riſée publique, l'impudence des ignorans qui en abuſent. Ainſi Moliere n'a joüé ni la Medecine, ni les Medecins ; mais ſeulement ceux qui embraſſent cette profeſſion ſans eſprit, ſans connoiſſance, & ſans lumiére.

Je ne ſçaurois me vanter d'avoir quelque part dans cette Comédie, pas même celle que je me ſuis donnée dans l'Important, en vertu de la maxime du Droit Civil, (*Si quis in alieno ſolo.*) Mon ami ne logeoit plus chez moi quand il la compoſa ; il étoit à Montpellier. Ce fut-là qu'il me la montra, quand je paſſai en Languedoc en 1697. Il eſt inutile que je parle ici du mérite de cette Comédie, & du plaiſir qu'elle m'a fait toutes les fois que je l'ai lûë, (car je ne l'ai jamais vû joüer,) je ſçai ſeulement qu'elle eut le ſuccès qu'elle méritoit ; c'eſt-à-dire, qu'elle réüſſit fort.

ACTEURS.

LE BARON, Pere de Mariane.

ARISTE, Frere du Baron.

MARIANE, Fille du Baron.

ERASTE, Amant de Mariane.

M. DE ROMARIN, } Empiriques.
M. DE PAQUINOY, }

MARTON, Suivante de Mariane.

PASQUIN, Valet d'Erafte.

FRIBOURG, Suiffe du Baron.

LAQUAIS,

La Scene eft à Paris dans la Maifon du Baron.

LES EMPIRIQUES, COMEDIE.

ACTE PREMIER.

SCENE PREMIERE.

ERASTE, PASQUIN.

ERASTE *à part.*

OUI, parbleu, cet homme-là est fou, ou il se moque de moi.

PASQUIN *à part.*

Ouais, il y a ici quelque chose qui va mal.

ERASTE.

Avec tant d'amour être traité de la sorte !

PASQUIN *à part.*

Est-ce infidélité, ou manquement de parole ?

ERASTE.

Encore de nouveaux délais !

PASQUIN *à part.*

C'eſt quelque choſe de moins. Monſieur, vous m'avez commandé de me rendre ici...

ERASTE.

Je croyois avoir beſoin de toi; mais va m'attendre au logis.

PASQUIN.

Vous n'êtes pas content, Monſieur; vous aurois-je porté malheur le premier jour que je rentre à votre ſervice?

ERASTE.

Non, Paſquin, non; mais va m'attendre, te dis-je; je ſuis bien aiſe que perſonne ne te connoiſſe encore ceans: cela pourra peut-être me ſervir dans la ſuite.

PASQUIN.

Je m'apperçois, Monſieur, que vous n'avez pas oublié mes petits talens; & je dois vous dire que depuis que je n'ai eu l'honneur de vous voir, je me ſuis perfectionné auprès d'un fameux Operateur.

ERASTE.

C'eſt aſſez, Paſquin. J'attens ici cette Marton dont tu m'as ouï parler, qui ſert Mariane. Je veux m'informer d'elle... mais la voici. Va-t-en, & ne dis ceans à perſonne que tu ſois à moi.

PASQUIN *s'en allant.*

Je comprens à peu-près que Paſquin ne ſera pas aujourd'hui ſans occupation.

SCENE II.

ERASTE, MARTON.

ERASTE.

HE' bien, Marton, tu l'as ouï toi-même. Que dis-tu du pere de ta maîtresse, & de la maniere dont il me traite?

MARTON.

Moi, Monsieur? je dis qu'il faut prendre patience.

ERASTE.

Mais n'y a-t-il pas là de quoi enrager?

MARTON.

Oh! pour cela non.

ERASTE.

Non!

MARTON.

Non, Monsieur. Vous êtes jeune, amoureux, & homme d'épée, je ne m'étonne pas si vous êtes impatient.

ERASTE.

Ah! je suis impatient!

MARTON.

Oui, vous l'êtes. Monsieur le Baron ne vous a-t-il pas promis que vous épouserez sa fille quand il se portera bien?

ERASTE.

Eh! ne vois-tu pas qu'il me dit la même chose

depuis trois mois, & que je pars dans huit jours pour ma garnison ?

MARTON.

Et bien avant ce temps-là, il se portera bien, peut-être.

ERASTE.

Peut-être ! Oh ! je ne puis plus attendre, & il faut absolument qu'avant mon départ je le fasse guérir. Dis-moi, qui sont ses Medecins ?

MARTON.

Ses Medecins, Monsieur ? il n'en a point.

ERASTE.

Comment ? un homme de sa qualité, malade dans Paris, sans Medecins ?

MARTON.

On voit bien, Monsieur, que vous avez toûjours demeuré en Flandres, ou en Allemagne, & que vous ne connoissez plus Paris. Ici, Monsieur, on ne se sert plus de Medecins.

ERASTE.

On ne s'en sert plus ?

MARTON.

Eh ! non, Monsieur, la Medecine est au billon.

ERASTE.

Et de qui donc se sert-on ?

MARTON.

On se sert des Empiriques.

ERASTE.

Des Empiriques ! quels animaux sont-ce là ?

MARTON.

Ce sont des animaux qui ne sont ni Medecins, ni Chirurgiens, ni Apoticaires.

ERASTE.

Il n'y a pourtant que les gens de ces professions-là en qui l'on doive se confier quand on est malade.

MARTON.

Aujourd'hui, Monsieur, c'est tout le contraire; les gens les plus éloignés de ces professions-là sont ceux en qui on a le plus de confiance.

ERASTE.

J'ai de la peine à croire...

MARTON.

Oh! Monsieur, cela est si vrai, qu'à l'heure que je vous parle, on ne voit dans Paris que gens à secrets, Souffleurs, Chimistes, Charlatans de toutes nations, de toutes espéces : les coins des ruës sont accablés de leurs affiches; chaque matin on y voit éclore quelque nouveau guérisseur : & le pere de ma maîtresse est entre les mains de ces Messieurs-là, qui font durer sa maladie, & retardent votre mariage.

ERASTE.

Mais, enfin, quel mal a-t-il?

MARTON.

Vous ne le devineriez jamais.

ERASTE.

Comment?

MARTON.

Vous voyez qu'il n'est point d'homme dans Paris plus haut en couleur, & plus rouge de visage que lui.

ERASTE.

Cela est vrai. Hé bien?

MARTON.

Il a la jaunisse, Monsieur, à ce qu'il dit.

ERASTE.

La jaunisse? cela ne peut être.

MARTON.

Oh! Monsieur, depuis une maladie qu'il eut, causée, dit-on, par un excès de bile, qui venoit de trop manger, il veut avoir la jaunisse en dépit de tout le monde.

ERASTE.

C'est une foiblesse dont il est aisé de le guérir.

MARTON.

Oui, si c'étoit un homme fait comme les autres; mais jugez du personnage. A présent il ne veut presque ni manger, ni boire, & c'est ce qui entretient sa mélancolie.

ERASTE.

Je ne m'étonne pas si l'on me cachoit son mal.

MARTON.

On n'ose le dire à personne.

ERASTE.

Oh! bien, je vois qu'il ne faut que joüer d'adresse pour le guérir, & je m'avise d'un expédient. J'ai pris ce matin un valet qui m'avoit servi autrefois, & que personne ne connoit ceans : c'est un drôle des plus adroits, & qui a servi long-temps un Operateur ; il faut que... Mais j'entens Monsieur le Baron, adieu.

SCENE III.

LE BARON, M. ROMARIN, ARISTE, MARTON.

LE BARON.

J'Aime à changer de lieu. Venez, Monsieur de Romarin, passons dans ma sale ; je veux y attendre un homme célebre de votre profession, que j'ai fait appeller, & qui me doit venir voir : vous ne trouverez pas mauvais que je le consulte ?

ROMARIN.

Pourvû que ce ne soit pas un Medecin.

LE BARON.

Un Medecin ? j'aimerois mieux crever.

ROMARIN.

Vous feriez fort bien.

LE BARON.

Et vous, mon frere, ne vous avisez plus, je vous prie, de me contester des choses que je sçai mieux que vous.

ARISTE.

Cependant, mon frere, il est bien certain qu'il ne faut qu'ouvrir les yeux, pour voir que vous n'avez pas au moins la jaunisse.

LE BARON.

J'ai ce que j'ai. Vous sçavez qu'on ne doit pas disputer du goût ; je prétens qu'on ne doit pas aussi disputer de la vûë. Vous me trouvez rouge, n'est-ce pas ? & moi je me trouve jaune.

ROMARIN.

C'est une espéce de jaunisse que tout le monde ne connoît pas.

MARTON.

Il faut avoir de bons yeux pour s'en appercevoir.

LE BARON.

Paix. Un siége, Marton, vîte un siége. *après s'être assis.* Je souffre beaucoup, Monsieur, quand je marche, d'où vient cela ?

ROMARIN.

C'est un effet de la bile en mouvement.

LE BARON.

Oui, en mouvement. Maudite bile ! non, il faut que je me leve ; la bile me suffoque quand je suis assis.

ROMARIN.

C'est un effet de la bile en repos.

LE BARON.

En repos.

ARISTE.

De bonne foi, mon frere, je ne conçois pas...

LE BARON.

Monsieur mon frere, tous vos raisonnemens...... Ne vient-il pas un vent coulis de ce côté-là ?

MARTON.

MARTON.

Je n'en vois point.

LE BARON.

J'y sens un froid qui me glace.

ROMARIN.

C'est la bile qui se refroidit.

LE BARON *portant la main à l'autre côté de sa tête.*

Ay! ay! n'a-t-on pas laissé la cuisine ouverte?

MARTON.

Non, Monsieur.

LE BARON.

Je sens de ce côté-là une chaleur qui me brûle.

ROMARIN.

C'est la bile qui s'échauffe.

MARTON.

Voilà une bile qui jouë bien des personnages.

ARISTE.

Eh! mon frere, ôtez-vous cela de l'esprit, & songez à tenir à Eraste la parole que vous lui avez donnée, vous verrez que dans la réjoüissance des nôces cette imagination se dissipera.

LE BARON.

Ah! je vous entens. Vous prétendez donc que je suis un visionnaire, & que mon mal n'est qu'une chanson? Mais vous qui raisonnez si bien, dites-moi, s'il vous plait, d'où vient donc qu'à présent je sens un grand froid de ce cô... non, de ce cô... De quel côté, Monsieur, ai-je dit que j'avois froid?

ARISTE.

Ah, ah, ah, ah.

LE BARON.

Bon, riez, riez.

ARISTE.

Qui ne riroit, de voir que vous doutez de quel côté vous avez froid ?

MARTON.

C'est un effet de la bile qui doute.

LE BARON.

Oui, la bile fait en moi des choses inconcevables.

ROMARIN.

Assurément.

ARISTE.

Mais d'où vient que vous ne l'avez pas guéri, depuis un mois que vous le traitez ?

ROMARIN.

C'est que la nature est affoiblie en Monsieur par les saignées qu'on lui a faites autrefois.

LE BARON.

Vous ne m'aviez pas encore dit cela. Quoi, vous m'auriez guéri, si je n'avois jamais été saigné ?

ROMARIN.

Très-infailliblement.

LE BARON.

Et il n'y a que cela qui empêche vos remédes d'agir ?

ROMARIN.

Il ne peut y avoir d'autre cause dans toute la nature.

LE BARON *riant.*

Je ne sçai donc pas comment cela se fait ; car il est bien certain que de ma vie je n'ai été saigné.

MARTON *à Romarin.*

Allons, Monsieur, peu de chose vous embarasse ; ayez recours à la bile.

ARISTE *riant.*

Ah, ah, ah.

ROMARIN.

Il ne faut pas tant rire, je soûtiens ce que j'ai avancé.

ARISTE.

Et mon frere n'a jamais été saigné.

ROMARIN.

Et qu'importe? la vie est dans le sang ; celui dont il tient la vie a été saigné, c'est comme s'il l'avoit été lui-même.

LE BARON.

Oh, non, non, j'ai ouï dire à mon pere qu'il n'avoit jamais été saigné.

MARTON.

Et qu'importe? la vie est dans le sang ; & si vous pressez Monsieur, il ira quereller la saignée jusqu'à la trentiéme génération.

ROMARIN.

Langue de vipére tu auras quelque jour besoin de moi.

MARTON.

De vous? ah! si vous me tuez jamais, je vous le pardonne.

LE BARON.

Paix. Je ſonge, Monſieur, qu'il eſt près de ſix heures. Marton, va dans ma chambre, ouvre les fenêtres qui regardent le nord, & ferme celles qui regardent le ſeptentrion, n'eſt-ce pas, Monſieur ?

ROMARIN.

Le nord & le ſeptentrion, Monſieur, c'eſt la même choſe. Je vous ai dit que le ſoir il faut ouvrir au midi, & fermer au ſeptentrion; mais rien ne preſſe encore. Je vais cependant faire un tour à mes fourneaux.

SCENE IV.

LE BARON, ARISTE, MARTON.

ARISTE.

EST-il poſſible, mon frere, que vous vous laiſſiez mener par le nez à un homme comme celui-là ?

LE BARON.

Oui.

MARTON.

A un vilain Souffleur, que je ſoupçonne de travailler à autre choſe qu'à des remédes.

LE BARON.

Tant mieux.

MARTON.

Qui brûle ceans tout le charbon de la Gréve, & qui quelque jour nous grillera.

LE BARON.

J'aime la grillade.

ARISTE.

Je ſuis aſſûré que ſi vous pouviez vous réſoudre à manger & à boire un peu plus que vous ne faites...

LE BARON.

Oh ! j'enrage ; ne ſçavez-vous pas que tout ce que je mange ſe change en bile, & que ma jauniſſe redouble ?

ARISTE.

Mais, là, mon frere, informez-vous un peu de vos meilleurs amis, ſi on a jamais vû jauniſſe de la couleur de la vôtre.

LE BARON.

Je vous dis, moi, que la couleur n'y fait rien ; qu'il n'y a que la diette qui puiſſe me guérir : & Monſieur Romarin ſoûtient que ſi je pouvois entierement m'abſtenir de boire & de manger, ſeulement quinze jours, je ſerois tout-à-fait hors d'affaires.

MARTON.

Oh ! pour cela, je vous en répons.

SCENE V.

ROMARIN, LE BARON, ARISTE, MARTON.

ROMARIN.

IL y a plaisir à voir petiller les flammes de ces fourneaux.

LE BARON.

Tenez, Monsieur, voilà mon frere qui me soûtient toûjours...

ARISTE.

Non, mon frere, je ne conteste plus contre Monsieur ; mais puisqu'il n'a pû encore vous guérir, que ne faites-vous appeller des Medecins ?

ROMARIN.

Eh ! Monsieur, des Medecins ! A quelles gens l'adressez-vous là pour guérir un malade ?

MARTON.

Eh ! fy donc, Monsieur, des Medecins ! Ne sçavez-vous pas que cela est aujourd'hui contre les regles du bon sens ?

LE BARON.

En effet, *clisterium donare, seignare, purgare.* Allez voir un peu ce que dit Moliere de vos Medecins.

ARISTE.

Je sçai bien, mon frere, que vous êtes de ceux

qui ont pris au pied de la lettre les railleries ingénieuses de ce charmant Auteur : mais, en bonne foi, parce qu'il a joüé le ridicule des Medecins, comme il a joüé celui de presque toutes les professions, faut-il se priver du secours qu'on peut tirer de leur art ?

LE BARON.

Ah ! vous faites le Docteur. Tenez, je ne veux que Marton pour vous confondre ; elle a bon sens, comme vous sçavez. Te sers-tu de Medecins ?

MARTON.

Moi, Monsieur ? le Ciel m'en préserve.

LE BARON.

Et pourquoi ne t'en sers-tu pas ?

MARTON.

C'est, Monsieur... que je me porte bien.

LE BARON.

Mais si tu étois malade ?

MARTON.

Pour moi, Monsieur, en toutes choses je crois que mal ou bien, il faut toûjours tenir le grand chemin battu : quand je veux des souliers, je vais aux Cordonniers ; des habits, aux Tailleurs ; des étoffes, aux Marchands ; des conseils, aux Avocats ; & quand je voudrai des remédes, j'irai aux Medecins.

LE BARON.

Elle veut plaisanter.

ARISTE.

Elle parle de fort bon sens.

SCENE VI.

FRIBOURG, MARTON, LE BARON, ROMARIN, ARISTE.

Fribourg vient très-lentement par derriere, cherchant son maître des yeux.

ARISTE.

MAis voilà votre Suiſſe qui vous cherche.

LE BARON.

Il vient, ſans doute, me donner des nouvelles de cet homme célebre que j'attens. Approche, Fribourg, approche donc ; qu'eſt-ce ?

FRIBOURG.

Monſir...

LE BARON.

Parle, qu'as-tu à me dire ?

FRIBOURG.

Monſir, moi...

LE BARON.

Parle donc.

FRIBOURG.

Moi, vien ſitement vous dire...

LE BARON.

Oh ! dis donc. La lenteur de cet animal-là met ma bile dans un mouvement terrible.

ROMARIN.

ROMARIN.

C'est le propre de la nation Helvétique d'être phlegmatique.

MARTON.

Parleras-tu?

LE BARON.

Mais voyez la tranquillité de ce bourreau-là; plus on le presse, moins il se hâte.

FRIBOURG.

Moi fien fous dire...

MARTON.

Oh! garde-le pour demain, ce que tu-as à dire.

ARISTE.

Dis donc ce qu'il y a, & retire-toi.

FRIBOURG.

Si moi parlir, fous prendre tout pitêtre ein grand fâchiment?

LE BARON.

Non, on ne se fâchera point, parle.

FRIBOURG.

Si moi parlir, fous point fâchir?

LE BARON.

Et non, moi point fâchir: parle, parle, parle.

FRIBOURG.

Eh pien, moi, fien fitement vous dire le feu être bravement à la maison.

LE BARON.

Le feu est au logis?

FRIBOURG.

Oui, Monsir, fort pien.

LE BARON.

Ah ! quel malheur ! que ferons-nous ?

FRIBOURG.

J'affre pien dit, fous fâchir ; auffi moi ne fouloir point parlir. Moi, va fitement aider à ly éteindre.

SCENE VII.

MARIANE, LE BARON, ARISTE, MARTON, ROMARIN.

MARIANE.

Ne vous allarmez pas, mon pere, le danger est presque passé.

LE BARON.

Et qui est l'étourdi, le coquin, le traître qui avoit mis le feu au logis ?

MARTON.

Gage que c'est Monsieur avec ses maudits fourneaux.

MARIANE.

Il est vrai que le feu a commencé à sa chambre, & on a jetté même ses hardes par la fenêtre,

ROMARIN *sort en courant.*

Mes hardes !

MARTON.

Ne courez pas si vite, il n'y a pas grand'chose à brûler.

LE BARON.

Allons tous voir vîte ce que c'est. Oh ! passez devant. Il pourroit y avoir encore quelque danger, & il est bon... Mais quel homme est-ce ci?

SCENE VIII.

PAQUINOY, LE BARON.

PAQUINOY.

AH ! bon, le voilà seul. Il m'a fait appeller, profitons de l'occasion. Monsieur...

LE BARON.

Qu'est-ce ? Je suis pressé, le feu est au logis.

PAQUINOY.

A ce que je vois, je n'ai pas l'honneur d'être connu de vous.

LE BARON.

Non ; mais à présent il faut que j'aille...

PAQUINOY *arrêtant le Baron.*

Quand vous sçaurez qui je suis...

LE BARON.

Eh bien, je laisserai brûler ma maison ?

PAQUINOY.

Je suis le célébre Monsieur Paquinoy.

LE BARON.

Nous nous verrons une autrefois : serviteur.

PAQUINOY *l'arrêtant & le retenant par force.*

J'ai, Monsieur, ce remede merveilleux, qu'on appelle les gouttes d'Angleterre.

LE BARON.

Je n'en ai que faire à présent, &...

PAQUINOY. *Il l'arrête.*

Si vous sçaviez la vertu de ces gouttes-là...

LE BARON.

J'enrage. Serviteur...

PAQUINOY *le reprenant.*

Peut-être avez vous le ventre dur?

LE BARON.

Ah! le bourreau!

PAQUINOY *le retenant.*

Je vous donnerois la medecine noire, qui purge par la vûë, pourvû qu'on avale en même-temps trois grands verres de tisanne laxative.

LE BARON.

Il faut être bien endiablé, pour....

PAQUINOY *le reprenant toûjours.*

Ah! Monsieur, si par bonheur vous aviez une violente colique...

LE BARON.

Ah! le traître!

PAQUINOY.

Je vous ferois prendre mon eau pacifique, ou mon essence tranquilisante...

LE BARON.

Eh! Monsieur de Paquinoy, je vous conjure,

laissez-moi aller donner ordre au feu, & revenez ce soir.

PAQUINOY.

Eh ! que ne le disiez-vous plûtôt ? suis-je homme à importuner les gens ?

LE BARON.

Eh bien, serviteur.

PAQUINOY *le reprenant.*

Vous voulez donc que je revienne ce soir ?

LE BARON.

Eh, oui, de par tous les diables, ce soir.

PAQUINOY.

Voilà qui est bien. *il revient.* Et à quelle heure, Monsieur, s'il vous plaît ?

LE BARON.

Oh ! à l'heure qu'il te plaira.

PAQUINOY.

Serviteur. *Il l'arrête encore pour lui dire :* Cela suffit.

SCENE IX.

MARIANE, MARTON, LE BARON.

LE BARON.

AH ! je n'en puis plus : me voilà rebuté pour toute ma vie de ce bourreau-là.

MARTON.

Vous voilà encore allarmé, Monsieur ? nous venons vous dire que le feu est éteint.

LE BARON.

C'est bien pis, que le feu.

MARIANE.

Et qu'est-ce donc, mon pere ?

LE BARON.

Un enragé qui m'a retenu ici par force. Marton, si un homme qu'on appelle Monsieur de Paquinoy revient ici ce soir, fais le chasser du logis.

SCENE X.

MARIANE, MARTON.

MARTON.

Monsieur de Paquinoy ! c'est justement celui, qui la semaine derniere tua une femme de qualité dans notre voisinage.

MARIANE.

De qui sçais-tu cela ?

MARTON.

De notre Fribourg, qui étoit alors au service de cette Dame-là.

MARIANE.

Eh bien, ma pauvre Marton, que t'a dit Eraste du procédé de mon pere ?

MARTON.

Il enrage aussi bien que vous.

MARIANE.

Qu'a-t-il résolu de faire ?

MARTON.

Il a un dessein, qu'il va faire exécuter par son valet : je vous le dirai tantôt. Suivons Monsieur votre pere, pour le préparer à ce que veut faire Eraste.

Fin du premier Acte.

ACTE II.

SCENE PREMIERE.

MARIANE, MARTON.

MARIANE.

ERaſte ne vient point.

MARTON.

Il m'a dit qu'il viendroit avec ce feint Empirique, ce valet que nous ne connoiſſons point : il le doit amener lui-même.

MARIANE.

J'ai de la peine à croire que ce qu'il a deſſein de faire puiſſe réüſſir.

MARTON.

Pourquoi non ? Pour guérir Monſieur votre pere, il ne faut que trouver adroitement le moyen de le faire manger & boire, & Eraſte m'a aſſûré que ce valet trouvera quelque expédient.

MARIANE.

Les Empiriques qui viennent ceans l'embarraſſeront.

MARTON.

Pour Monſieur de Romarin, l'accident du feu a fait tomber entre mes mains une caſſette, qui me ſervira quand je voudrai à le chaſſer de ceans; & pour Monſieur de Paquinoy, s'il oſe y revenir, il ne ſera pas mal reçû, je l'ai recommandé à Fribourg.

MARIANE.

Pourquoi à Fribourg?

MARTON.

Ne vous ai-je pas dit qu'il étoit au ſervice d'une Dame, que cet Empirique tua l'autre jour?

SCENE II.

PASQUIN, MARIANE, MARTON.

PASQUIN *à part, en Empirique.*

OH, oh, mon maître devoit être ici pour me préſenter.

MARTON.

Voilà un homme qui n'oſe entrer.

PASQUIN *à part.*

Il m'avoit dit qu'il y ſeroit avant moi: attendons.

MARIANE.

Marton, ne ſeroit-ce pas le valet d'Eraſte?

MARTON.

Non, Madame, Eraſte doit l'amener lui-même: je gage plûtôt que c'eſt Monſieur de Paquinoy.

PASQUIN.

Voilà des Dames que je ne connois point. Ne faisons pas ici de qui pro quo.

MARIANE.

Sçache qui c'est.

MARTON.

Qui êtes-vous, Monsieur, s'il vous plaît ? qui demandez-vous ? qui cherchez-vous ?

PASQUIN.

Mesdames, je suis... je cherche... j'attens... je demande... Monsieur le Baron.

MARTON.

à Mariane. Je ne me trompe point. *à Pasquin.* Vous êtes, sans doute, Monsieur de Paquinoy ?

PASQUIN.

C'est à peu-près le nom de votre très-humble serviteur.

MARTON *d'un ton flateur.*

Eh bien, Monsieur, faites-nous, s'il vous plaît, la grace, *d'un ton rude*, de déloger d'ici tout-à-l'heure.

PASQUIN.

Oh ! oh ! peut-être ignorez-vous qui je suis ?

MARTON.

On vous connoît mieux que vous ne pensez ; mais vous, à qui croyez-vous parler ?

PASQUIN.

Moi ? je ne sçai.

MARTON.

Voilà la sœur de cette Dame que vous tuâtes

autre jour, & moi je suis sa cousine.

PASQUIN *à part.*

Que diantre me vient-elle conter?

MARTON.

Il a peur. Croyez-moi, délogez de céans, il ne 't pas bon ici pour vous.

PASQUIN.

Oüais! Permettez au moins que j'attende ici....

MARTON.

O! que de raisons. *à part.* Je m'en vais bien te faire détaler, moi. *à Mariane.* Retirons-nous. Hola, Fribourg, hola.

PASQUIN.

Tubleu, on me prend ici pour un autre: le plus sûr est de décamper, & d'aller attendre mon maître dans la ruë.

MARTON *dans une aile du Theâtre.*

Voilà cet empoisonneur que tu connois, chasse-le d'ici.

FRIBOURG *sans être vû.*

Mon camerate, à moi, à moi.

Mariane & Marton sortent d'un côté, Pasquin s'en va de l'autre, & Paquinoy entre en même-tems par le milieu du Theâtre.

SCENE III.

PAQUINOY *seul.*

PUisque Monsieur le Baron m'a dit de revenir ce soir, j'espére que je serai bien reçû : il n'est rien de tel, que de bien prendre son temps. Ne faisons pas comme tantôt ; mais attendons que quelqu'un paroisse pour me présenter à lui. Bon, voici à propos deux de ses gens. Il y a pourtant-là un drôle que j'ai vû ailleurs.

SCENE IV.

FRIBOURG, UN LAQUAIS, PAQUINOY.

PAQUINOY.

VOus êtes, sans doute....

FRIBOURG *au laquais.*

Prendre, toi, sti bâton; prendre, moi, sti l'autre.

Fribourg jette un bâton au laquais, il en prend un autre; ils placent M. de Paquinoy au milieu; ils essayent si les bâtons sont bien en main, & demeurent ainsi quelque temps.

PAQUINOY.

Que veut dire ceci ? à qui en voulez-vous !

FRIBOURG.

Allons, gagnir toi fitement li chimin de li ruë.

LE LAQUAIS.

Hors d'ici.

PAQUINOY.

Moi, mes enfans?

FRIBOURG.

Nous n'être point les enfans d'un Liperique. Si toi n'entre dehors, moi cassir ton tête: toi afre tué mon mitresse, moi point souffrir toi tuir mon maître. Entre dehors.

LE LAQUAIS.

Hors d'ici.

Ils haussent leurs bâtons.

PAQUINOY.

Attendez, attendez. *à part-soi.* C'est une piéce que me veut faire le Souffleur qui loge ceans. Il en aura le démenti. *Il tire une bourse, & ils rabaissent leurs bâtons.* C'est par l'ordre de votre maître que je viens ici. Faites-moi parler à lui, voilà un loüis que je vous donne.

Fribourg prend le loüis.

LE LAQUAIS.

Et moi, n'aurai-je rien?

FRIBOURG.

Vous donnir donc encore quelque chose à mon camerate, pour ly afoir foulu prendre la peine de tonner à fous de coups de bâton.

PAQUINOY.

Tiens, voilà un écu pour toi... Oh, çà, faltes-moi parler à Monsieur le Baron.

FRIBOURG.

Monsir Baron n'afre point loisir de mourir de sti jour; quelqu'autre demain vous pourra fenir ly tuer.

LE LAQUAIS.

Hors d'ici.

Ils le frapent.

FRIBOURG.

Entri dehors.

PAQUINOY.

Au secours, au secours, au secours.

SCENE V.

ARISTE, ERASTE, PASQUIN, PAQUINOY, FRIBOURG, LE LAQUAIS.

ERASTE.

QU'est-ce ci?

PAQUINOY.

Eh! Messieurs! voilà deux coquins qui me vouloient insulter.

FRIBOURG.

Ly être menteur, Monsir: moi, parce qu'il avre tué mon maîtresse, ly avre seulement pour rire tout doucement avec sti bâtonne donné comme cela,

Il le frape.

LE LAQUAIS.

Et moi, comme ceci.

Il le frape.

ARISTE.

Marauts! retirez-vous. Je vous assûre, Monsieur, que mon frere n'a point de part à cette violence, & qu'on les fera châtier très-séverement.

PASQUIN *à Paquinoy.*

Pour moi, Monsieur, je vous remercie de tout mon cœur.

PAQUINOY.

Et de quoi, Monsieur?

ARISTE.

Vous avez, sans doute, guéri quelqu'un de ses amis.

PASQUIN.

Oui, Monsieur; la personne du monde qui m'est la plus chere étoit dans un grand péril, dont vous l'avez tirée fort à propos.

PAQUINOY.

Cela m'est assez ordinaire.

PASQUIN.

Je le crois, Monsieur, & je souhaite que pareille chose vous arrive souvent.

ERASTE *à Paquinoy.*

Oh! çà, Monsieur, Monsieur le Baron n'auroit pas à présent le temps de vous consulter: nous venons ici pour une affaire de conséquence, prenez la peine de revenir demain matin.

PAQUINOY.

Pourvû que je n'y retrouve pas ces deux coquins.

ARISTE.

On va les faire mettre en prison au logis.

PAQUINOY.

Soit, je reviendrai demain matin. *à part.* C'est la meilleure pratique de Paris, il ne faut pas se rebuter pour si peu de chose.

ARISTE

J'ai préparé mon frere à te bien recevoir. Vous, Eraste, allez avertir de tout Mariane & Marton, afin qu'il n'arrive plus ici de surprise.

ERASTE.

Mon pauvre Pasquin, si tu réüssis ta fortune est faite.

PASQUIN.

Sur les instructions qu'on m'a données, j'ai compris à miracle ce que j'ai à faire, & je suis préparé comme il faut, puisque nous avons affaire à un homme facile à duper.

SCENE

SCENE VI.

LE BARON, ROMARIN, ARISTE, PASQUIN.

LE BARON *à Romarin.*

LE feu aura, sans doute, brûlé la cassette dont vous êtes tant en peine.

ROMARIN.

A la bonne heure. Je ne voudrois pas pour tout l'or des Indes, qu'on eût vû les secrets qu'elle renfermoit.

LE BARON.

Ah! mon frere, voici apparemment cet illustre dont vous m'avez parlé?

PASQUIN.

Oh! Monsieur...

LE BARON.

Et vous l'appellez?...

PASQUIN.

Le Sieur Pasq... Diamantin, à vous servir.

ARISTE.

Monsieur arriva hier à Paris, avec un officier ami d'Eraste, qui lui a vû faire des choses...

PASQUIN.

Eh! Monsieur, cela ne vaut pas la peine d'en parler. Il m'a vû guérir des hidropiques, des paralytiques, des epileptiques, des frenetiques. Pures bagatelles, vous dis-je. Monsieur, qui apparemment est un des habiles de la profession, peut vous dire que les enfans sçavent aujourd'hui guérir ces maux-là.

LE BARON.

Diantre! quel homme est-ce ci?

ROMARIN *bas au Baron.*

C'est un affronteur assûrément.

PASQUIN.

Il faudroit avoir vû ce que j'ai fait à Siam, en Bretagne, en Tartarie, en Provence, à la Chine...

LE BARON.

Vous avez été à la Chine?

PASQUIN.

Vraiment, vraiment, j'ai été bien plus loin, j'ai été à Constantinople.

ROMARIN.

à part. L'ignorant! Et Constantinople, Monsieur, n'est qu'en Turquie.

PASQUIN.

Qu'en Turquie! Vous parlez de cette Constantinople, où sont les Turcs; je parle, moi, d'une autre Constantinople, qui est à plus de dix mille lieuës au-delà.

ROMARIN.

Et la terre n'a que neuf mille lieuës de tour.

PASQUIN.

Oui, oui, des lieuës d'Allemagne: j'entens, moi, des lieuës de la Chine, qui n'ont que trente-six toises.

LE BARON.

Eh ! bien, Monsieur Diamantin, vous prétendez donc professer à Paris la Medecine ?

PASQUIN *feignant d'être fort en colere.*

La Medecine, Monsieur ! la Medecine ! La premiere chose que j'ai à vous dire, c'est que je ne suis point Medecin.

LE BARON.

Bon.

PASQUIN.

Que je ne l'ai jamais été.

LE BARON.

Tant mieux.

PASQUIN.

Et que je ne le serai de ma vie.

LE BARON.

Fort bien. Vous a-t-on dit...

PASQUIN.

La Medecine ! à moi qui viens de la Chine : on me prend pour un Medecin ? Serviteur.

ARISTE.

Eh ! Monsieur, Monsieur.

PASQUIN.

La Medecine !

ROMARIN.

Cet homme-là fera du bruit à Paris.

ARISTE.

Mon frere n'a pas eu dessein de vous fâcher.

LE BARON.

Non, ma foi.

ARISTE.

Par professer la Medecine, il entendoit guérir les malades.

LE BARON.

Il est vrai, & je vous demande pardon si je vous ai appellé Medecin.

PASQUIN.

Cela étant ainsi... je m'appaise. Cà, voyons, qu'y a-t-il à faire?

ARISTE.

Je vais donner ordre qu'on ne laisse entrer personne.

SCENE VII.

MARTON, LE BARON, ROMARIN, PASQUIN.

LE BARON *à Marton qui entre.*

QUe viens-tu faire ici? toi.

MARTON.

Je viens voir ce grand homme qu'on vous a amené.

LE BARON.

Monsieur, c'est une fille du logis, nous pouvons continuer devant elle. Vous a-t-on dit le mal que j'ai?

PASQUIN.

Non ; mais j'ai connu ce que c'est dès que je vous ai vû.

LE BARON.

On dit pourtant qu'à me voir, on ne me donneroit jamais le mal que j'ai.

PASQUIN.

Ce sont des ignorans. Tenez, Monsieur, ces regards intercadens, cette phisionomie calendulaire, & sur-tout cette face... rubiconde, marquent que vous avez la jaunisse.

MARTON.

L'y voilà.

LE BARON.

Mais, Monsieur, tout le monde me dit que je suis rouge, & que la jaunisse est jaune ; vous me feriez plaisir de m'expliquer un peu cela.

PASQUIN.

Ouidà, très-volontiers.

ROMARIN *à part.*

Ah ! voyons un peu comment il s'en tirera.

PASQUIN.

Nos anciens n'ont connu que deux sortes de ile ; la jaune, & la grise.

ROMARIN *au Baron.*

La grise ! l'ignorant ! Eh ! dites la noire, Monsieur, la noire.

PASQUIN.

Eh ! oui, oui, la noire, si vous voulez. *au Baron.* C'est, Monsieur, qu'en Chinois gris veut dire noir.

LE BARON.

Fort bien.

PASQUIN.

Or, un fameux Tartare, que j'ai connu au Japon, a découvert depuis peu avec le... microscome...

ROMARIN *au Baron.*

L'ignorant ! vous voulez dire le microscope.

PASQUIN.

Eh ! oui, je veux dire le mi... miscro... miro... *au Baron.* L'accent Chinois, Monsieur, que j'ai conservé, fait que j'ai de la peine à prononcer certains mots. Ce fameux Tartare donc, avec le... avec... ce que Monsieur dit, découvrit qu'il y avoit une troisiéme sorte de bile, qui est la bile rouge.

MARTON.

La belle découverte !

PASQUIN.

Et nous appellons en Chinois cette bile-là, Marmarigés.

MARTON.

Voilà un vilain mal.

PASQUIN.

Oui, Marmarigés, *id est*, Roujabilis ; c'est-à dire, rouge bile, ou si vous voulez, bile rouge.

LE BARON.

Je comprens cela, rouge bile, ou bile rouge.

PASQUIN.

Oui. Monsieur a de la pénétration. Cependan

comme la bile jaune eſt la plus connuë, nous appellons jauniſſe tous les épanchemens de bile, noire, jaune, ou rouge.

MARTON.

Cet homme-là connoît votre mal à miracle.

LE BARON.

Il en parle très-ſçavamment.

PASQUIN.

Oh, oh. Ainſi votre maladie, à parler dans les termes de l'art, eſt une jauniſſe rouge.

LE BARON.

Je l'ai toûjours crû.

ROMARIN *à part.*

Quel diable d'homme eſt-ce ci? il ne raiſonne point trop mal.

LE BARON.

Hé bien, Monſieur, me guérirez-vous?

PASQUIN.

Un Charlatan vous diroit oui; mais, moi, qui ſuis ſincere, je vous dirai franchement que vous êtes un homme mort.

LE BARON.

Je ſuis un homme mort?

PASQUIN.

Vous le ſeriez dans vingt-quatre heures, ſi, heureuſement pour vous, je n'étois venu à Paris. J'ai ſeul le reméde infaillible pour ce mal-là.

ROMARIN *au Baron.*

N'en croyez rien, c'eſt un fourbe.

LE BARON.

Il est pourtant de bonne foi. Monsieur, donnez-moi vite ce remede. Dans vingt-quatre heures, peste !

PASQUIN.

Il faut sçavoir auparavant si vous êtes préparé à le prendre.

LE BARON.

Il ne faut que demander à Monsieur les remedes qu'il m'a donnés.

ROMARIN.

Je n'ai que faire de les lui dire.

PASQUIN.

Il n'en est pas besoin. *Il lui tâte le pouls.* Voic' qui me le dira.

LE BARON.

Vous le devinerez à cela ?

PASQUIN.

Au pays dont je viens, on connoit au mouvement du pouls la cause d'une maladie, tous les accidens qu'a eus le malade, & tous les remedes qu'il a pris.

MARTON.

Diantre !

LE BARON.

Et comment faites-vous ? il semble que vous jouyez de l'épinette.

PASQUIN *bat avec ses doitgs sur le bras du Baron.*

C'est la maniere des Chinois. Ah, ah, ah, je sens

sens ici déjà... oui, que l'on vous a donné de l'algarot, de l'algarot.

LE BARON.

Il est vrai.

PASQUIN.

C'est fort bien fait. Ha, ha, ha, je, je touche ici l'or potable, l'or potable.

LE BARON.

Cela est encore vrai. Quel homme !

PASQUIN.

Cela étoit nécessaire. Ha, ha, ha, je sens ici passer par mes doigts liliums, antimoines, sels volatils, mercures, restaurans, elixirs, esprits du Soleil, sirops de longue vie, &c.

LE BARON.

O! le grand homme ! Oui, Monsieur, j'ai pris de tout cela.

PASQUIN.

Parfaitement bien. Vous voilà préparé à miracle, & Monsieur est un très-habile homme.

MARTON.

L'habile fourbe que voici !

PASQUIN.

Allons, dans moins de vingt-quatre heures vous n'aurez pas une goutte de bile rouge dans le corps, en faisant ce que je vais ordonner.

ROMARIN *au Baron.*

Prenez garde à ce que vous ferez.

PASQUIN *à part.*

La peste de l'homme !... *au Baron.* Monsieur,

vous sçavez que chacun de nous a ses secrets, & qu'il n'est pas à propos que Monsieur sçache...

ROMARIN *à part, en s'en allant.*

Eh! je n'en ai que faire. Il faut que je fasse suivre ce drôle-là par mon laquais lorsqu'il sortira d'ici, pour découvrir qui il est.

MARTON *bas.*

Garre la cassette.

SCENE VIII.

LE BARON, PASQUIN, MARTON.

PASQUIN.

OH! çà, Monsieur, avant que j'ordonne, çà, voyons, comment faisons-nous?

LE BARON.

Quoi, Monsieur?

PASQUIN.

Ne comprenez-vous pas?

LE BARON.

Non.

PASQUIN.

Je vais donc m'expliquer. Estes-vous riche?

LE BARON.

Oh! oh! est-ce qu'il est nécessaire que vous sçachiez cela?

PASQUIN.

Oui, très-néceſſaire.

MARTON.

J'entens, Monſieur, ce qu'il veut dire. Ces Meſſieurs commencent toûjours par faire leur marché; après arrive ce qui peut.

PASQUIN.

Oui, ce ſont-là nos ſtatuts. Çà, combien avez-vous de rente?

MARTON.

Je vais parler pour vous. Monſieur peut avoir à peu-près vingt mille livres de rente.

LE BARON.

Eh! pas tout-à-fait.

PASQUIN.

C'eſt-à-dire quinze, ou environ? Eh bien, ſur ce pied-là il faut conſigner... Monſieur, je donne mes remédes aux pauvres, & je les vends aux riches... il faut conſigner... Au reſte, je ne veux rien toucher que vous ne ſoyez guéri.

MARTON.

Cela eſt encore dans l'ordre. Avec ces Meſſieurs l'argent quelquefois peut être en ſûreté, on ne riſque toûjours que la vie.

PASQUIN.

Il faut donc conſigner... oui, il me faut cela, cent loüis ſeulement.

LE BARON.

Cent loüis!

PASQUIN.

Et Monsieur, au prix des autres, je suis un gâte-métier.

MARTON.

Il est vrai que nous en avons quelques-uns à Paris, qui écorchent diablement les gens qu'ils envoyent en l'autre monde.

LE BARON.

Allons, qu'à cela ne tienne; voilà une bague, que je consigne entre les mains de Marton pour les cent loüis, que je payerai lorsque je serai guéri.

SCENE IX.

ERASTE, MARIANE, LE BARON, PASQUIN, MARTON.

PASQUIN.

AH! voici des gens qui sont bien pressés.

ERASTE.

Nous venons sçavoir, Monsieur, si vous êtes content de celui que j'ai eu le bonheur de vous adresser.

LE BARON.

Ah! Monsieur! ah! ma fille! c'est le plus grand homme... il vient de la Chine.

MARIANE.

De la Chine!

MARTON.

Oui, Madame, où l'on a découvert depuis peu la bile rouge.

LE BARON.

Tandis que le Baron dit ce qui suit, Mariane & Eraste parlent bas ensemble, & n'entendent point ce qu'il dit.

Monsieur Diamantin, voilà ma fille, que j'ai promise à Monsieur, & quand je me porterai bien ils doivent épouser.

MARIANE.

Monsieur, guérissez vîte mon pere.

PASQUIN.

C'est ce que je vais faire. Oh ! çà, voici mon ordonnance. *aux Amans.* Eloignez-vous un peu, vous autres : la moindre distraction que j'aurois lui pourroit coûter la vie.

LE BARON.

Tenez-vous bien loin.

PASQUIN.

Fort bien. Premierement, je vous défens, sur peine de mort, de manger ni de boire.

LE BARON.

Je m'en garderai bien.

PASQUIN.

Le reméde que je vais ordonner vous nourrira suffisamment.

LE BARON.

Ne m'ordonnez rien, s'il se peut, de mauvais goût.

PASQUIN.

Non, non, ceci ne sera pas mauvais, & cette fille-là le fera faire chez-vous. Approche-toi.

MARTON.

Çà, que faut-il faire ?

PASQUIN *gravement.*

Accipe... Tu n'entens pas le Latin ?

MARTON.

Non.

PASQUIN.

Il faut donc s'humaniser. Il faut prendre..... Monsieur, à la Chine on traite les malades tout autrement qu'à Paris.

LE BARON.

Je le crois bien.

PASQUIN.

Il faut prendre... trente-sept onces de mouton de Beauvais.

LE BARON.

Du mouton ?

PASQUIN.

Oui, du mouton. Le mouton est un animal pacifique, qui calme les agitations de la bile.

MARTON.

Allons, trente-sept onces de mouton de Beauvais. Après ?

PASQUIN.

Autant de bœuf de Normandie.

LE BARON.

Du bœuf ?

PASQUIN.

Oui, du bœuf. Le bœuf est un animal vigoureux, qui donne des forces pour l'expulsion.

MARTON.

C'est justement ce qu'il vous faut. Autant de bœuf de Normandie. Ensuite ?

PASQUIN.

Un gros chapon du Mans.

LE BARON.

Un chapon ?

PASQUIN.

Oui, un chapon. Le chapon a en soi un suc merveilleux pour les rougibilaires.

MARTON.

Un chapon du Mans. Est-ce tout ?

PASQUIN.

On fera infuser... c'est-à-dire, boüillir le tout ensemble pendant trois heures, dans trois pintes d'eau de riviere, après y avoir jetté trois dragmes de sel marin.

MARTON.

De sel marin.

PASQUIN.

Et après avoir fait des tranches de pain de Gonnesse, on répandra cette drogue en circulant..... *en faisant la posture d'un homme qui trempe la soupe.*

LE BARON.

Eh ! ventrebleu, vous m'ordonnez-là un potage,

PASQUIN.

Il est vrai ; mais quel potage ! Il y a dans ce

potage plus de mystere que vous ne pensez. D'ailleurs, une poudre invisible que j'y mêlerai sera l'effet que je souhaite.

MARTON.

Il faut avoüer que les Chinois ont inventé de belles choses.

LE BARON.

Eh ! bien, soit : que ne fait-on pas pour guérir ?

PASQUIN.

Avec cette drogue-là, dont vous prendrez la quantité que je vous prescrirai, vous avalerez une potion cordiale, que je vous...

LE BARON.

Je crains extrêmement les potions.

PASQUIN.

Celle-là ne sera pas bien difficile à prendre. C'est un elixir de certaines choses précieuses, infusées dans le meilleur vin qu'on peut trouver, & qui ne changent ni le goût, ni la couleur du vin. Les Chinois, Monsieur, ont ceci de particulier, qu'ils donnent à leurs remédes le goût des alimens, pour les rendre plus avalables.

MARTON.

Je ne m'étonne pas s'il nous vient de ce pays-là de si belles étoffes.

LE BARON.

En effet. Allons, il faut se laisser conduire.

PASQUIN.

Quand ce que je viens d'ordonner sera prêt, vous me ferez avertir ; & pour vous montrer que je suis fûr de mon remède, j'en ferai l'épreuve devant vous, aussi bien que de la potion, que j'apporterai moi-même. Je suis un peu menacé de votre mal, & par précaution je ne serai pas fâché d'en prendre quelque peu.

LE BARON.

On ne peut pas être de meilleure foi.

PASQUIN.

Allez vous divertir, jusqu'à ce que cela soit fait; & ce soir, quand vous vous mettrez au lit, ne manquez pas de vous coucher sur le côté gauche... ou sur le droit, comme il vous plaira. Allez.

SCENE X.

ERASTE, MARIANE, PASQUIN, MARTON.

MARIANE.

VOus avez beau dire, Eraste, ces tendres sentimens ne seront pas de durée.

ERASTE.

Ah! Mariane, je vous le proteste encore, rien au monde ne diminuëra l'ardeur dont je brûle, & je vous jure que ni l'absence, ni le temps, ni le mariage...

MARTON.

Monsieur, pour le mariage ne jurez point, je ne connois personne qui ne se soit parjuré.

ERASTE.

Non, Marton, mon amour...

MARTON.

Eh ! votre amour nous tiendroit ici le reste de la soirée, & il est question d'aller vite faire faire la souppe.

PASQUIN.

Eh ! bien, qu'en dites-vous ?

ERASTE.

Je crains que ce que tu fais ne tire en longueur, & il faut lui faire donner vite son consentement.

PASQUIN.

Monsieur, il faut commencer par le bien alimenter ; après laissez agir la potion cordiale : vous n'en sçavez pas encore toute la vertu. Je ne crains que ces maudits Empiriques.

MARTON.

Ne t'en mets pas en peine, je sçai le moyen de t'en débarasser.

MARIANE.

Je vais suivre mon pere, pour l'entretenir dans la bonne disposition où il est.

Elle sort.

MARTON.

Moi, je vais faire exécuter ton ordonnance à notre cuisinier.

PASQUIN.

Allons, nous, Monsieur, chez d'Arboulin, nous faire donner six bouteilles de ma potion cordiale.

Fin du second Acte.

ACTE III.

SCENE PREMIERE.

LE BARON, ROMARIN.

LE BARON *en robe de chambre & en bonnet de nuit.*

OUi, tandis qu'hier au soir vous étiez sorti pour aller chercher la cassette dont vous êtes encore en peine, Monsieur Diamantin, que j'attens ici, me donna le reméde qu'on m'avoit préparé : il m'en fit bourrer, mais bourrer comme il faut ; & il me faisoit aussi avaler de temps en temps de grands verres de sa potion cordiale.

ROMARIN.

Si vous n'y prenez garde, cet homme-là vous empoisonnera.

LE BARON.

Oh ! pour cela non, ou bien il s'empoisonneroit lui-même ; car de tout ce qu'il me donne, il en prend beaucoup plus que moi.

ROMARIN.

Et ne vous dit-il point de quoi est composé ce qu'il vous donne ?

LE BARON.

Il n'en fait pas un secret, hors la poudre invisible qu'il y jette.

ROMARIN.

Bon, la poudre ! mais sçavez-vous le reste ? Je ne m'en informe que pour votre intérêt.

LE BARON.

Je ne sçai pas si je m'en pourrai bien souvenir ; mais voici à peu près ce que c'est, & de quelle maniere on le compose. Il faut prendre... Les Chinois donnent à leurs alimens le goût des remédes, pour les rendre plus avalables.

ROMARIN.

Ce sont pures visions. Voyons ce beau remédе.

LE BARON.

Il faut prendre... oui... j'y suis. Trois dragmes de pain de Gonnesse, en tranches, & le faire infuser... c'est-à-dire, boüillir, dans trente-sept onces de sel Marin ; oui, de sel Marin... & répandre ensuite de l'eau de rivière pendant trois heures... en circulant autour d'un chapon de Normandie, du mouton du Mans, & du bœuf de Beauvais. Je ne vous dis pas peut-être les choses dans l'ordre ; mais il y entre de tout cela.

ROMARIN.

Cependant, trente-sept onces de sel Marin empoisonneroient un diable.

LE BARON.

Il faut donc que la poudre le corrige ; car ce reméde étoit d'un goût merveilleux. L'excellente chose encore que sa potion cordiale ! oui, j'aurois juré que c'étoit du vin de Champagne, & du meilleur.

ROMARIN.

C'en étoit peut-être ?

LE BARON.

Oh ! non, non, il y avoit sur la fiole une grande inscription que j'ai lûë.

ROMARIN.

Cet homme-là s'amuse à des sottises.

LE BARON.

Il vous estime beaucoup... Au reste, on m'a dit que Monsieur de Paquinoy doit revenir ce matin. Il faut s'en défaire honnêtement : c'est un homme qui a de beaux secrets, & je pourrois en avoir besoin quelque jour. Vous ne le connoissez pas ?

ROMARIN.

Non. Monsieur de Paquinoy ?... ce nom-là m'est entierement inconnu.

LE BARON.

Il a dit la même chose de vous, & qu'il n'avoit jamais oüi parler de Monsieur de Romarin.

ROMARIN.

C'est donc quelque nouveau venu, comme votre Chinois.

SCENE II.

PAQUINOY, LE BARON, ROMARIN.

LE BARON.

AH ! je parlois de vous à Monsieur.

PAQUINOY. *Il regarde avec frayeur la porte par où Fribourg est venu.*

Je suis homme de parole, comme vous voyez. *il tousse.* Hé, hé, hé.

LE BARON.

Vous regardez fort cette porte-là. Comme vous êtes enrumé, vous craignez peut-être le vent coulis; je vais la fermer.

Tandis qu'il va fermer la porte, il leur donne le temps de faire leur à parté.

PAQUINOY.

Le vent coulis n'est pas ce que je crains; mais c'est bien fait de la fermer, il ne vient rien de bon de ce côté-là.

ROMARIN *à part.*

J'ai vû cet homme-là quelque part : il s'appelloit autrement... Serviteur, Monsieur.

PAQUINOY.

Serviteur. *il tousse.* Hé, hé, hé... Cet homme-ci ne m'est pas inconnu : il avoit un autre nom. *il tousse.* Hé, hé, hé.

ROMARIN *à part.*

C'est lui-même. Le drôle ne me reconnoît pas ; il faut que je le découvre.

PAQUINOY.

C'est lui assûrément. Il ne se souvient pas de m'avoir vû ; il faut que je le fasse connoître.

SCENE III.

PASQUIN, LE BARON, PAQUINOY, ROMARIN.

PASQUIN *au fond du Theatre, où il a trouvé le Baron qui alloit fermer la porte.*

BOn jour, Monsieur. L'on va vous apporter tout-à-l'heure deux fioles de votre potion..... Mais qu'est-ce que je vois ? on consulte sans me faire appeller ?

LE BARON.

Non, Monsieur : dès que la potion viendra je l'irai prendre,

PASQUIN.

Deux hommes de la profession ceans d'intelligence contre moi ?

LE BARON.

Eh ! non non, ces deux Messieurs ne se connoissent seulement pas.

ROMARIN.

Il eſt vrai que je ne connois pas Monſieur ſous le nom de Paquinoy; mais je le connois fort bien ſous celui du ſieur Islander; c'étoit au moins le nom qu'il portoit, lorſqu'il prit la peine d'envoyer en l'autre monde une Dame de qualité de ce voiſinage.

PAQUINOY.

Et croyez-vous que ſous le nom de Romarin je ne reconnoiſſe pas le ſieur de la Fumée? C'étoit-là votre nom, lorſque vous empoiſonnâtes...

LE BARON.

Eh! Meſſieurs... Monſieur, pour l'honneur de la profeſſion...

PASQUIN *à part-ſoi.*

Il eſt vrai qu'ils ſeroient trop long-temps à ſe quereller. Eh! doucement, Meſſieurs, doucement, de quoi diable vous piquez-vous? Vous avez changé de nom l'un & l'autre: Eh bien, ne ſçavez-vous pas qu'il eſt ordinaire aux plus grands hommes de notre profeſſion d'en uſer ainſi? Moi-même, je vous avoüerai qu'il n'y a pas long-temps qu'on m'appelloit le ſieur Paſquin; mais comme ce nom ne me parut pas convenable au métier que je fais, je ne fis pas ſcrupule d'en prendre un autre, & de me faire appeller le ſieur Diamantin. Eſt-ce qu'il n'eſt pas permis, quand on ne ſe trouve pas bien d'un nom, d'en prendre un autre qui vous accommode?

PAQUINOY.

PAQUINOY.

Oui ; mais il m'accuſe d'avoir tué... ;

ROMARIN.

Et lui d'avoir empoiſonné...

PASQUIN.

Eh ! bien ; tué, empoiſonné, qu'eſt-ce que tout cela ? Ne faut-il pas, pour nous rendre habiles, que nous faſſions des expériences ? Malheur ſur qui elles tombent. A préſent, ſans vanité, je guéris tous mes malades ; mais j'ai fait tout comme vous. Bon, empoiſonné, tué, égorgé, ne ſont-ce pas là les droits de notre apprentiſſage ?

PAQUINOY.

Oui ; mais ſçachez que ce ne fut pas moi qui tuai cette Dame du voiſinage.

ROMARIN.

Vous lui donnâtes pourtant votre remède ?

PAQUINOY.

Il eſt vrai ; mais dans le temps qu'il commençoit d'opérer elle eut peur, & envoya querir un Medecin.

PASQUIN.

Malè.

PAQUINOY.

Aſſûrément, *malè*. Croiriez-vous, Monſieur, que ce déſaſtreux Medecin n'eut pas plûtôt mis pied à terre à la porte de la ruë, que ma malade creva ?

PASQUIN.

Ah ! le bourreau !

LE BARON.

C'est tuer les gens de bien loin.

PASQUIN.

Oh ! çà, Messieurs, vous voilà d'accord, prenez la peine de...

SCENE IV.

MARTON, ROMARIN, PAQUINOY, PASQUIN, LE BARON, LE LAQUAIS *portant deux grandes fioles.*

MARTON *à Romarin.*

MOnsieur, votre laquais est là, qui a quelque chose à vous dire de pressé.

ROMARIN *à part en s'en allant.*

Il vient me donner assurément des nouvelles, *montrant Pasquin*, de ce fourbe-là.

SCENE V.

MARTON, LE BARON, PASQUIN, PAQUINOY, UN LAQUAIS.

MARTON *à Pasquin, lui montrant ce que porte le laquais.*

VOilà, Monsieur, ce que votre Distillateur ordinaire nous a dit de vous apporter.

PASQUIN.

Ah! fort bien. Allez vite avaler cela, en grignotant cette opiate, *il tire de sa poche un grand biscuit.* à laquelle j'ai donné le goût d'un biscuit.

MARTON *à Paquinoy.*

Monsieur, notre Fribourg vous baise les mains.

PAQUINOY.

Bon... *il arrête le laquais.* Permettez, Monsieur, que je lise cette inscription.... Oüais! *il lit. Potion cordiale, Rubanbri-Diamantine.* Voilà un nom bien extraordinaire.

PASQUIN *lui ôtant la fiole.*

Oh! oh! Voyez cela, c'est un elixir de rubis, d'ambre jaune, & de diamans potables.

MARTON.

Cette drogue doit être bien chere.

PASQUIN.

Oui, sans cela on en avaleroit terriblement à Paris. Mais allez vîte boire, il ne faut pas la laisser éventer.

LE BARON *à Paquinoy.*

Serviteur, Monsieur, jusqu'au revoir.

PAQUINOY.

Oüais ! me faire appeller, & me planter-là ? Je ne sortirai point.

MARTON *en s'en allant, dit à part.*

Je sçai bien le moyen de te faire détaler : attens, attens.

SCENE VI.

PAQUINOY, PASQUIN.

PAQUINOY *à part-soi.*

TAchons de gagner cet homme-ci. Monsieur, je sçai que vous êtes un homme extraordinaire...

PASQUIN.

Il est vrai; mais je vous prie de...

PAQUINOY.

Je vois que le malade de ceans a pour vous une entiere confiance...

PASQUIN.

Il a raison; mais comme j'ai commencé à le traiter, trouvez bon que...

PAQUINOY.

Si vous voulez m'associer dans cette pratique. *il tousse.* Hé, hé, hé.

PASQUIN.

Pour cette fois-ci laissez-moi le guérir, & une autre fois je vous le livrerai.

PAQUINOY.

Je vous ferai part d'un secret. Hé, hé, hé, hé.

PASQUIN *en sortant.*

Quel diable d'homme! Si Marton n'y vient donner ordre...

PAQUINOY.

Oui, d'un secret qui est souverain, hé, hé, hé, pour la poitrine, hé, hé, hé; & infaillible, hé, hé, hé, hé, pour la toux. Hé, hé, hé, hé.

SCENE VII.

MARTON, PAQUINOY,

MARTON.

AH! Monsieur!

PAQUINOY,

Qu'est-ce donc?

MARTON.

Sauvez-vous...

PAQUINOY.

Et pourquoi?

MARTON.

Et sauvez-vous, vous dis-je.

PAQUINOY.

Qu'ai-je à craindre?

MARTON.

On avoit mis en prison notre Suisse, pour avoir commis, dit-on, quelque irrévérence envers vous.

PAQUINOY.

Eh bien?

MARTON.

Ce diable-là vous a entendu tousser ici, & il a enfoncé la porte.

PAQUINOY.

La porte?

MARTON.

Oui, Monsieur; il a pris son sabre, & il dit comme cela: *Il faut que je li coupe son tête.*

On fait du bruit.

PAQUINOY.

Quel bruit entens-je?

MARTON.

Et! c'est Fribourg qui vient.

FRIBOURG, *sans être vû.*

Mon camerate, prendre, toi, sti bâton; prendre, moi, sti sabre,

Paquinoy s'enfuit.

SCENE VIII.

PASQUIN, MARTON, ROMARIN.

MARTON *riant.*

AH, ah, ah, ah.

PASQUIN.

Le voilà parti. Ah! voici l'autre.

MARTON.

Je l'aurai bien-tôt congédié.

ROMARIN *à part, au fond du Theatre.*

Je l'avois bien dit que mon laquais me portoit des nouvelles de ce drôle-là... Ah, ah, Monsieur le fourbe.

PASQUIN.

Plait-il?

ROMARIN.

Vous venez de la Chine, dites-vous?

PASQUIN.

Comment?

ROMARIN.

Valet revêtu! Je vais tout découvrir à Monsieur le Baron.

MARTON.

Il est enfermé.

ROMARIN *en s'en allant.*

N'importe, je veux qu'il ſçache...

MARTON.

Monſieur, Monſieur, un mot. Vous a-t-on rendu fidélement ce que l'on garentit hier du feu dans votre chambre?

ROMARIN *revenant, & changeant de voix.*

Je penſe, qu'oui. Comment?

MARTON.

Eh! rien, Monſieur. Allez trouver Monſieur le Baron, je vous le dirai tantôt.

ROMARIN.

Non, non, dis ſeulement. Je ſuis en peine de certaine choſe.

MARTON.

C'eſt, Monſieur, que lorſqu'on jettoit vos meubles par les fenêtres...

ROMARIN.

Eh! bien?

MARTON.

Le Commiſſaire du quartier, qui avoit accouru au feu, ſe ſaiſit...

ROMARIN *allarmé.*

De quoi?

MARTON.

D'une bagatelle. Allez ſeulement, vous le ſçaurez toûjours.

ROMARIN.

Non, je le veux ſçavoir. De quoi ſe ſaiſit-il?

MARTON.

MARTON.

Eh ! d'une méchante cassette seulement.

ROMARIN.

D'une cassette !

MARTON.

Oui, Monsieur. Il y avoit dedans, à ce qu'on dit, quelques piéces d'argent... ou façon ; avec de petits instrumens assez gentils.

ROMARIN.

Le Commissaire s'en saisit ?

MARTON.

Oh ! vous ne perdrez rien : c'est un homme fort exact, il en a chargé son procès-verbal ; & il est là en bonne compagnie, pour vous rendre le tout en présence de gens.

ROMARIN *s'enfuyant.*

Il est là ? Diantre !

MARTON.

Je te répons de celui-là.

PASQUIN.

La peste, le joli petit métier ! Voilà à quoi aboutit ordinairement la soufflerie.

SCENE IX.

ERASTE, ARISTE, MARIANE, PASQUIN, MARTON.

ERASTE.

QU'a donc Monsieur de Paquinoy, qui court comme un fou?

MARTON.

Il fuit la colere de Fribourg, Monsieur.

MARIANE.

Et Monsieur de Romarin, qui se sauve par la porte de derriere?

MARTON.

Il fuit la croix du tiroir, Madame; & je viens de faire ceans fin d'Empiriques.

ARISTE.

Eh! bien, Pasquin, comment se porte mon frere?

PASQUIN.

Ma foi, Monsieur, je crois qu'à l'heure qu'il est... oh! il commence à se bien porter.

MARIANE.

Seroit-il possible?

PASQUIN.

Oh! oui, Madame. A présent Monsieur votre pere doit avoir vuidé, ou peu s'en faut, la seconde fiole de sa potion cordiale: la dose étoit honnête, & j'en attens un bon succès.

MARTON.

Oh ! çà, faisons donc ce que nous avons concerté tantôt ensemble. C'est un homme à qui on fait acroire tout ce que l'on veut : d'ailleurs, les vapeurs du vin, & la confiance qu'il a prise en toi ; nous le feront emporter d'emblée.

ARISTE.

A tout hazard j'ai fait tout préparer pour les nôces.

PASQUIN.

Je vous ai dit, Monsieur, qu'il me faut avoir sur moi cent loüis.

ERASTE.

Je te les ai apportés, les voilà ; si tu réüssis je te les donne.

PASQUIN *les mettant dans sa poche.*

Il n'y a pas de plus sûre caution. . . Je l'entens. Tenez-vous là cachés quelque part, pour revenir, & nous laissez commencer, Marton & moi.

SCENE X.

LE BARON, PASQUIN, MARTON.

LE BARON *un peu gai.*

AH ! parbleu, Monsieur Diamantin ! Monsieur Diamantin !

PASQUIN.

Eh bien, Monsieur ?

LE BARON.

J'ai bien arrosé la bile rouge.

MARTON.

Ah ! Monsieur, vous voilà parfaitement bien... Tenez, voilà votre bague, que Monsieur m'a dit de vous rendre.

LE BARON.

Ma bague ? & je ne lui ai pas encore donné les cent loüis.

PASQUIN.

Pardonnez-moi, Monsieur, vous me les avez donnés.

LE BARON.

Comment ? je vous ai donné, moi, les cent loüis promis ?

PASQUIN.

Oui, Monsieur.

LE BARON.

Oh, oh, diable m'emporte si je m'en souviens.

PASQUIN.

Je suis homme d'honneur, Monsieur, je suis payé.

MARTON.

Pourquoi vous le diroit-il ? reprenez votre bague.

Il la reprend.

LE BARON.

En effet... Parbleu, pourtant; [illegible], & moins...

PASQUIN.

Cela ne me surprend pas, Monsieur,

LE BARON.

Comment ?

PASQUIN.

C'eſt un effet de la potion que vous avez priſe.

MARTON.

De la potion ?

Le Baron rêvet

PASQUIN.

Oui, Marton. Il y a dans cette potion-là une certaine drogue, qui fait que l'on oublie entierement tout ce que l'on a fait; on ne s'en ſouvient que quelque temps après.

MARTON.

C'eſt une choſe admirable que les ouvrages de la Chine.

LE BARON.

Oüais ! il me ſemble pourtant ..... Mais, mais, mais, palaſanbleu, puiſqu'il le dit, il faut bien que cela ſoit. Voilà une plaiſante potion !

MARTON.

Oui, Monſieur, qui fait que l'on paye ſes dettes ſans s'en appercevoir.

LE BARON.

Je ſçai pourtant le compte de mon argent: où ai-je pris celui que je vous ai donné ?

PASQUIN.

Si vous voulez, Monſieur, vous ne m'aurez pas payé: que m'importe ? redonnez la bague.

LE BARON.

Non, non, non, je ne dis pas celà : mais d'où l'ai-je pris cet argent ?

PASQUIN.

Un homme ne vous est-il pas venu payer certaine dette que vous ne ſçaviez pas ? Il y avoit cent loüis, vous me les avez donnés ; les voilà encore.

LE BARON.

Oh ! la drôle de potion !

MARTON.

Tout proſpére chez-vous, depuis que vous avez chaſſé Monſieur de Romarin.

LE BARON.

J'ai chaſſé, moi, Monſieur de Romarin ?

MARTON.

Vraiment, oui ; demandez s'il eſt au logis. Le Commiſſaire ne vous eſt-il pas venu faire des plaintes de lui ? ne vous en ſouvient-il pas ?

LE BARON, *après avoir rêvé.*

Non, parbleu.

MARTON.

Bon ! & ſi on ne l'avoit fait ſauver, il étoit pendu. Vous avez mis là les piéces fauſſes qu'on lui a trouvées. Tenez, les voilà encore.

Elle lui met, & retire de ſa poche ce qu'elle dit.

LE BARON.

En effet... Oüais !... il faut donc, Monſieur, que ce ſoit la potion.

PASQUIN.

C'est cela même. Vous vous souviendrez demain de tout cela.

LE BARON.

Voilà, encore un coup, une drôle de potion!... Marton, ne lui aurois-je pas aussi donné, sans m'en appercevoir, de l'argent que quelqu'un m'eût apporté?

MARTON.

Oh! non, Monsieur.

LE BARON.

Pa, pa, passe pour le reste.

SCENE DERNIERE.

ARISTE, MARIANE, ERASTE, LE BARON, PASQUIN, MARTON.

ARISTE.

MOn frere, je viens vous dire que, suivant l'ordre que vous m'avez donné...

LE BARON.

Quel ordre?

ARISTE *faisant le surpris.*

Ah! ah!

LE BARON.

Oüi, quel ordre. Monsieur vous dira que je ne puis pas à présent m'en souvenir. Quel ordre, dites?

ARISTE.

Eh! de faire tout préparer.

LE BARON.

Quoi, préparer?

ARISTE.

Que veut dire ceci?

LE BARON.

On vous le dira. Quoi, préparer?

ARISTE.

Eh! ce qu'il faut pour leurs nôces!

LE BARON.

La peste! *à Pasquin.* Voici encore de la potion.

PASQUIN.

Justement.

MARTON.

Est-ce que vous auriez aussi oublié, Monsieur, que vous m'avez envoyé, moi, querir le Notaire?

LE BARON.

Ah! ah! le Notaire?

MARTON.

Vraiment, oui, Monsieur, le Notaire. Il a dressé leur contrat, vous l'avez dicté vous-même; ne vous en souvient-il plus!

LE BARON *après avoir rêvé, se tourne vers Pasquin.*

La potion.

PASQUIN.

Oui, Monſieur.

LE BARON.

Eh!... l'ai-je ſigné?

MARTON.

Vous avez dit, Monſieur, qu'il falloit le faire en préſence des parens.

LE BARON.

Cela eſt dans l'ordre. Et les parens, m'ont-ils vû?

MARTON.

Bon! ils vous ont complimenté.

LE BARON.

Oüais! voilà qui eſt admirable! Et que leur ai-je répondu?

MARTON.

Que vous étiez guéri, & que vous étiez charmé de ce mariage.

LE BARON.

Moi?

PASQUIN.

Oui, oui; j'y étois préſent, Monſieur, & même vous avez fait ſur cela un fort beau diſcours, que tout le monde a admiré.

LE BARON.

Parbleu, cela eſt trop plaiſant! Et vous ai-je invité à leurs nôces?

PASQUIN.

Vous m'avez fait, Monſieur, cet honneur-là.

LE BARON.

J'en ſuis vraiment ravi. Allons donc finir cette affaire-là tous enſemble ; & ſouvenez-vous de me faire prendre de cette potion-là quand il faudra payer la dot.

Fin du dernier Acte.

www.ingramcontent.com/pod-product-compliance
Ingram Content Group UK Ltd.
Pitfield, Milton Keynes, MK11 3LW, UK
UKHW021221230726
13926UKWH00003B/1169